JN063032

千夜曳獏　目次

I

つじうら　9

水文学　14

II

越えるときの火　29

連絡船は十時　49

III

砂斬り　61

金吾中納言　65

IV

ミネルヴァ　77

水煙草森 98
V
デパートと廃船 109
赤丸 114
VI
リッツカールトン 119
Re: 連絡船は十時 126
眼と目と芽と獏 144
VII
虹蔵不見 163
VIII
ユダのための福音書 169
IX
X

Save? Continue? 193
冷たい高原 200
至　空港 207
暖かさと恐ろしさについて 210
この林を抜けると花の名を一つ覚えている 219
清澄白河 230
いつか坂の多い街で暮らしましょう 239
あとがき 243

装丁　濱崎実幸

歌集　千夜曳獏

話し足りないというのは美しい感情だ。

I

つじうら

でもそれが始まりだった。檸檬水、コップは水の鱗をまとい

鳥がたまに花を食べるじゃないですか、あれ、めちゃうらやましいなと思う

とべなくなることをおそれる　さみどりの革のリュックはずぶ濡れになる

煎りたての銀杏の実につく塩は雲母のようだ静かに熱い

そうやんなあ解体するときキラキラのやつ、一個くれへんかなあ

三月の海に花びら浮いていてこの水はさぞ冷たいだろう

あらすじに全てが書いてあるような雨の林を小走りでゆく

もっとあなたは積極すべき。そんなゼリーみたいなジャムじゃなくてさ

海の匂いであるとあなたは言い切った高菜ご飯を皿に盛りつつ

水文学（すいもんがく）

Hydrology is a field which covers the entire history of the cycle of water on the earth.

春の鹿　いま僕の去るポストには英国宛の書簡がねむる

※

どれくらい登れば海が見えるのとあなたの声、鳥の声、汽笛

水槽は藻に暗くあり腑に落ちる結末などがあったでしょうか

もう耐えれないんだ冬の吊り橋の思い出が火のように香って

後ろからあなたを抱いて切株が石みたいに光るのを見た、森で

お湯に舞うメリッサの葉は夕暮れの自慰は記憶に残らないから

朝の河を見たいのだろうセーターの袖で車窓の露を拭って

夕刻の速度の駅、駅、それぞれに心を灯していけば　倫敦

夜、縦の光はビル、横のは高速、都市化とは光の糸を編んでいくこと
外は嵐。水族館のくらがりにあなたは雨垂れみたいに喋る

告げないという狡(かしこ)さを恥じながらピザを切ってる円い刃で

人工の狭い浜辺をペンギンは桜のような足跡のこす

違和感は育ちつつある手探りで語る黒百合の民話に

春雷で目が覚める　おすすめのカフェにいく　僕もいつか死ぬ

湖にこれから入るかのようにあなたは黒い靴を脱ぎ、寝る

平熱の低いあなたの城壁も燃え落ちていくどうしようもない

忘れないでね／あなたは河を見下ろして／ふたりは霧に隠れてしまう

水鳥が水を離れるのにも似て失意はしばらく水面を乱す

花氷という概念ひからせて雨季の終りを抱き合っている

夏の夜の底だね、ここは、鉄柵を指でしゃららと鳴らしつつゆく

全部あって何もない、わかりますか　自由な孔雀は羽を展いて

水中花くるしさに咲くこのひるは iPad まで湖を呼ぶ

II

私はベティがコートを脱ぐのを手伝った。彼女の赤毛にそぐわない、赤いドレスを着ていた。青ざめて、やせて見えた。彼女は言った。

「なぜ私が来たか、たぶん不思議に思っているでしょう。なぜかというと、花婿には花を持っていくものだし、死体にも花を持っていくものだし、花婿が死体でもある場合には、花束二つに値するからよ」彼女がそれらの言葉をしゃべったとき、まるで前もって準備してきたかのように言った。

『ショーシャ』

アイザック・バシェヴィス・シンガー

越えるときの火

これ走馬灯に出るよとはしゃぎつつ花ふる三条大橋わたる

沈めれば壊れるものの多いことあなたは蛍を撮ろうとしてる

何故という問いをいなしてチャイナブルー飲みきれないで押し付けてくる

そんなつもりじゃないんだろうな牛乳のパックに描かれた空に触って

雨だから泊めてもらって長城のような座卓をはさんだ眠り

海賊のようにあなたは紐を引き昼のブラインドを開けていく

月の裏側の話にたどり着くまでにパンケーキ二枚を食べた

あなたの手にふれたいというかわせみにどの感情の名を与えよう

枯れるなら声は花かも　鴨川はいくつも声を浮かべ流れる

美術館の外には薄い池がありお互いの裏切りを話した
春雨のスープをあなたは混ぜているゆっくり銀河を創るみたいに

少しだけ預かる日傘　これからも駝鳥の羽には触れないだろう

わかってほしい　とは浅ましい　とは識っているけど繋っていく竹林(たけばやし)

撃つ真似をしてるあなたは左利き、火と芽ぼれ、という誤変換

熊蟬がうるさかったら沈黙をあるいはやり過ごせたかもしれず

レタスから雨がこぼれる、まだ何も知らなかったときの初夏の雨

黒に染めたあなたの揺れる髪の毛の、鯨はかつて陸を歩いて

きんぎょとは火の魚だと説くときに焦げだす良心のかけらは
抱擁を交わせば遠くで堰が切れ、しぶきが踵にかかり冷たい

だめ。あれははじめるための青林檎

飛行機はどこで眠るの　そのあとの花火をあなたは水へ落とした

牛乳が石鹸になる不可思議を曇る硝子の向こうから言う
夕暮れのような暗さのアパートの、あなたは脱衣所を褒める

澄んでいく夜の対話の果てに出す青磁の皿に鮎の甘露煮

耐えているあなたの背中に触れるとき浜辺をおもう、小雨の中の

優しいと言われるたびに欠けていく神殿がある、曇りの丘に

海上の国境みたいなあいまいで明るい時間をあなたと寝てる

コーンフレークをこぼれる鱗とおもうとき朝という在り方は魚だ

だめだとは私も思うと首肯いて、向こうへ、飛び石を、飛んでいく

路線図の涯(はて)に名前の美しい町があるのは希望と似てる

雲雀丘花屋敷という駅

困らせたいわけじゃないんだ傷付きたい紫陽花はただ色褪せるのみ

魂のせいにしていませんか　みたらしのやわい光をあなたに渡す

さみしいは何とかなるがむなしいは　躑躅（つつじ）の低いひくい木漏れ日

駅までをふたりで歩くふたしかな未来を臓器のように抱えて

まだ熱いあなたの髪を手ぐしする、火を炎にしたら負けだね

冬至より夏至は慈しみが深い　スプーンにスプーンを重ねて蔵う

地下室に大きな龍を飼うのと言うあなたは足の爪を切りつつ

そのときは捨てられようと決めている。犬みたいに、像になるまで

蛍、千年後も光ってて　終電に向けてあなたの手を曳いている

連絡船は十時

まひるまの赤い小さな灯台が光のような白波かぶる

僕もそう思いつつ海みてました。肺に記憶に降れ塩よ降れ

どうやっても悔やむであろうこの夏をふたりで生きる、花を撮りつつ

ろうそくの火よりも揺れる熟考の夜の岸辺にいま船は着く

鉄橋の軋みは鯨の声に似て、あなたはくじらをみましたか、見ましょ

いわなければいけないことを言うときのどくだみの花くらやみに浮く

軍服が花をかかえて会いにいくシーンで停電。あなたとの黙

この幸せもいつかは錆びて裁ち鋏みたいに心を切り裂くだろう

堤防のほそさを来るときにあなた、蜻蛉のように腕をひらいた

充足を愛してはだめ　したあとで床に濡れている花の髪留め

蜂の音へ振り向くあなたの長い髪、ひろがる、かるい畏怖みせながら

引き金はきっと重いよ　謀（はかりごと）　夜の河口は音を吸うのみ

沈黙は陸の延長、現実を信じたくない気持ちの陸の

嬉しくも怖くもあった（いまだって）あなたの鏡のような炎が

炭酸がどんどん抜ける夜の港　欲望ならば簡単なのに

誕生日カードをあなたへ書くときの蛍光ペンの乾く速さよ

III

名のために捨つる命は惜しからじ終に止まらぬ浮世と思へば
平塚為広

契りあらば六の巷に待てしばし遅れ先立つことはありとも
大谷吉継

砂斬り

砂の線（すじ）いま浮き上がる雨垂れの触れたチェスターコートの肩に

先生、と呼ばれて胸に羞ずかしさ怖さの菊が咲くので隠す

曇りなき眼（まなこ）で曇りなき面を打ってきたから胴たたき斬る

砂の剣士に吹き飛ばされておむすびのように転がるすぐ跳び起きる

殺さない程度にしごく、ということをおもって僕は僕を恐れる

黙想にそれぞれの息切れていて、夜の工業地帯みたいだ

道場の灯りを消せばたちまちに月の光は床板ぬらす

065

金吾中納言

峠からみれば豪雨は天と地をつなぐかなしい柱　都よ

悔いなどはない、と言いたい傾ぐとき濃茶の泡の一滴は垂れ

小早川秀秋は慶長五年九月十四日朝松尾山に布陣した。

湯を運ぶような歩みに生きてきて竜胆さきほこる岡にいる

朝の雨は何万という指先を冷やすが、心も冷やせ、鋭利に

小早川家の紋は「丸に違い鎌」。それすら秀秋のものではない。

一斉の射撃の煙はたなびいて季節はずれの桐花みたい

九月十五日朝八時頃霧が晴れて宇喜多隊と福島隊の衝突が始まる。

生き様は死に様である。酒飲めば手も定まって放つ、嚆矢を

家という運命（きまりごと）から逸れてやろう、逸れて熱い尿（ゆまり）を漏らす

秀秋は山麓の大谷隊にも平塚隊にも恨みは無かっただろう。

愛なのか伝令なのかもわからない手紙は豆のようにたたまれ

正午半過ぎ西軍総崩れ。

追い込まれた狙撃手たちを畏れなさい見えねばそれはもう神だから

波立たぬように心は凍ればいい　水底、息をしていろ鯰

掠奪は驟雨のようだ太刀数本かかえて若者らのわらい声

兵を休ませるのも食い扶持を守ってやるのもトップの務めだとは思う。

沢山の人を殺したと言ってくる、翠の河のような眼をして

死臭って嫌いだ　荊に陣羽織からまる、長さをすまなく思う

垂れないんだろう、どうせ、あんなにも下弦の月は滴るけれど

落ちてゆく途中だすべて秋空にさがった鴉瓜も俺も

秀秋他諸将は九月十六日朝石田三成の居城佐和山城へ進軍。

だって世界が何を呉れたというのだろう銃身の黒、秋の日を吸い

雉らしきものの横を過ぎるとき蝿は飛び立つ、乱雲のよう

すすきほを秋のしっぽと思うとき何万という秋ひるがえる

IV

古人無復洛城東
今人還対落花風
年年歳歳花相似
歳歳年年人不同
（劉廷芝「代悲白頭翁」）

古人、洛城の東に復る無く、
今人、還た落花の風に対す。
年年歳歳、花、相似たり、
歳歳年年、人、同じからず。
（劉廷芝「白頭を悲しむ翁に代わって」）

ミネルヴァ

喉の痛みをうつしてしまい遅い朝あなたのための鮭粥を炊く

上書きをしてほしい　神社には風鈴市が立ち上がりつつ

あなたの足指が通されサンダルは笹舟のよう　また会いに来て

アリゲーターずるずる這ってくるような夕暮れのキッチンでする思考

夏なのに辛夷(こぶし)を話すはらはらとあなたの声から辛夷こぼれる

死ぬ約束と夾竹桃の花たちを束ねて夏を鮮やかにする

ぬるい雨の夜にあなたと手を指をパズルのように絡めたことを

曖昧のなかにひそんだ愛が好き　箸で海苔から海苔をめくった

水槽にいてこそ海月は美しいあなたは麦茶のキャップゆるめる

点けないで。月でいいから。 ブラインドずらすため伸びてく腕、僕の

梨の花　あなたとなまでするたびに蠟紙のように心を畳む

有り得なくなった未来に　冷暗にしじみの群れの夢は短く

密林のように歪んだ真夜中を傘という膜ひらいて帰る

ある日あなたは空き地を歩く。薊(あざみ)なら鬼を退けられるだろうか

寺町の見つからなかったカレー屋で僕らのいつか頼むラッシー

灯に透かす金魚掬いの紙の膜、儚い力に張り詰めている

週末は絞りだされたケチャップの袋のように重なり眠る

鍵束は川面のようにひかりつつ簞笥の向こうへ飲まれていった

たばこへ火さし出すことの、ゆっくりとあなたを殺してあげてるんすよ

僕たちは駅になりたい何度でも夏とか罰の過ぎてくような
靴擦れに黙ってしまうあなたか、波のない不機嫌な港か

昼過ぎのあなたの寝癖を濡らすとき指にはくろい炎の絡む

暑い坂も僕も記憶にしないでねジンジャーエールのような願いだ

しろい頬まだ濡れているにぎやかな運河がそこにあったみたいに

靴紐のほどけるような諦めを遠ざけるためある青葉闇

鬼灯のような絶望ぶら提げてあなたと山を歩いてみたい

飲みさしのシードル二本　悪魔だって悪魔に会えると嬉しいんだよ

駅前に来て手をほどく、ほどかれる、朝日は正しすぎる暴力

依存、信用、信頼を正しい順に並べなさい。その向日葵は瓶に挿してね

あなたが静かな力を入れて板チョコの少し震えて破片になった

風邪ならば梨を剝いて差し上げたい　梨崩し、ってそういう遊びっぽい

木の床にあなたを押さえつけるとき愛して、死とは低くなること

絶縁体という単語の、存在の、絶対的なさみしさおもう

湖でいたり熊でいたりして輪郭が心に追いついていない、あなた
暗くして冷やせば部屋は真夏からとても遠くに来ちゃった、僕ら

唇をふさげば早い（遠回り）月光は借り物のひかりだ

すでに手が冷たいけれどこんなはずじゃなかったなんて思っていない

枯れるのが悲しいのなら新しい花束を買う、絶やさずに買う

僕たちの距離に潜んだ巻貝が恐ろしい速さで時間を翻る

約束をお城みたいに積めばいい蔦も這わせて、ほら崩れない

水煙草森（すいえんそうりん）

部屋の白い壁にあなたの干すミモザ、花の乾きは炎をはらむ

祈るのをやめられないのはなぜだろう法蓮草を溶けるまで煮る

あなたから借りた詩集のここからは付箋の色がかわる　秋かも

すげえとか少しの語彙で雪だとか梨とか磁器とか愛を語った

おそろいの箸の漆が剝げている。ここから腐るだろうと推（おも）う

まだ待っていてくれるかい、彼岸花、空の青さを突き刺して立つ

水煙草へあなたはそっと炭を置く、龍に餌でもあげるみたいに

ほおずきを漢字で書けば現れる鬼は小さな灯りを揺らす

出町柳駅から地上へ出たときに夕立みたいなあなたの好意

飽きないで。飽きさせないで。睡蓮を淡い浮力に押さえつけつつ

土壁（つちかべ）の上からすすきがのぞいてる。すすきの光に呑まれる庭か

ティムタムを日々の隙間に挟み込み千年なんてあっと言うまさ

豪州土産のチョコレートです。いつもありがとう。

花束のような心だ緩めればほろほろほどけてしまうあなたの

デカンタの傾きのなか緋は透ける終るならとびっきりの悲劇を

V

デパートと廃船

天国は町川のそばに立つデパートでした
そもそもは天国に行かうよつて恋人（綺麗やけど知らん人や）と薬か何かで心中したのですが天国へ行く道中ではぐれてしまひ僕は恋人を探してさまよひます
天国のやうなデパートなのでせうか
デパートのやうな天国なのでせうか（人ひとり道連れにしといて天国いける思つとんか、えらい目出度い）

波のやうな人混みと声のさざなみ
柿色ばかりのスーツ・コーナー
カラフルなおもちゃ売り場
行列のできる惣菜コーナー（みんな下向いとる、スマホ触つて）
休憩コーナーの溢れたゴミ箱
なんでもある楽しいデパートです
ですがあなたがゐない天国なんてつまらない
ので窓から見える川を見にいくことにしました
他にも何人か抜け出した人がゐます

知り合ひでもなく、かといつて他人同士のやうに黙つてゐるでもなく、つれづれぼそぼそ歩いていくと水面（みなも）

間違へた銀河のやうに川の水は淀んでゐて川といふよりもお堀、お堀といふよ
り銀河
岸はコンクリートの階段状になつてゐて降りれば
だん
　だん
　　だん
　　　だんと銀河へ沈んで見えなくなつていく階段
岸にいくつか木の廃船が横たはつてゐます
誰かがマジックを持つてきます
それで木舟の渇いた腹に未来の日付を書いて

これが多分次の寿命

それぞれが自分の選んだ舟を
ざりざりと押して（お前、もう恋人はええんか）
どぼんと落として（お前、もう恋人は）
昏い水面へ（お前、もう）
お元気で　左様なら（さやうなら）
とお互ひにお別れをして現世へ
現世へどんぶらこ戻つていきます
生き返るのは死ぬのと似てゐる

ちよつと舟が沈みさう、危ふい
荷物が多すぎたかな
荷物を銀河へ捨てる流すやうに捨てる
思ひ出と荷物は少ない方が良いよ

赤丸

三日目の水面に腹を上にして浮かんでゐた
金魚
お祭りですくつてきた
掬はれたのか救はれたのか
いづれにせよもう死んでゐて

赤丸といふ名前をつけて三日目だつた
「朱丸(あかまる)」と云ふお祭りは
子らの頭に朱を塗つて無病息災を願ふ祭りで

だから　長生きして呉れればよかつたのだが
赤丸はいまや、いまだ、ぬるぬるしてゐて
うまく摑めない

弔は　弔ひ　弔ふ　弔ふ　弔へ　弔へ
庭にささやかな穴を掘り、埋める
埋めるのか捨てるのか
柿の樹のふもとに
今年は豊作
来年も

柿

蚊にたかられて僕は命を一寸づつわけながら
左手にスコップ、右手に赤丸だつたそれ
穴が掘りにくく思はず力が入つて
右手から腑(はらわた)が少し出てしまつたやうな

埋

今日、僕は泣いただらうか、赤丸

誰とも
金魚との絆ぐらゐが良いよ
ねえ、赤丸

VI

「私は今持っているこの美しい心持が、時間というもののためにだんだん薄れて行くのが怖くってたまらないのです。この記憶が消えてしまって、ただ漫然と魂の抜殻のように生きている未来を想像すると、それが苦痛で苦痛で恐ろしくってたまらないのです」

「硝子戸の中」
夏目漱石

リッツカールトン

ゆび濡らしながら傘巻く　銀の骨すける　愛は人を殺しますか

黒革の上着を振り回してあなた秋の光をかきまわしてる

永遠なんてものがあるなら見してくれもう白萩の花が苦しい

髪を結うあなたの肘が目にあたる。いたみも懐かしくなるだろか
愛という言葉を避けるふたりとも何が愛だかわからないから

ぼろぼろと葡萄のように哀憐はこぼれて机にむらさき残す

あなたがたまに借りて返しに来るための白い図書館になりたい

誠実はときに賢さから遠い　果ては石垣だけが残って
利き手じゃない方で林檎を剝くように生きてあなたの夕景に逢う

ことばとは思索の花弁　浅はかな桔梗を銀の網棚へ上げ

水槽の金魚を選ぶ指先の冷たいあなた、そしていとしい

あたためた甘栗つめて会いにいくまたやさしさを使い回して

拳銃でカポネを葬り去るように晩秋がいま終ったところ

Re: 連絡船は十時

雪の積もらない川面を横で見るあなたの声につもりゆく鬱

生きているあなたの息が見えるなら真冬も悪くはないので歩く

話すこと尽きて炎に手をかざす光の河のようなほのおに

決定から決行までに距離があり情けないけど月より遠い

もう僕を見てない、わかる。真夜中のレモンケーキにフォーク沈めて

話し合いは煮詰まっていく宵越しのセージティーのような苦味に

ギリシャ人みたいと笑うとりあえず毛布をまとって氷柱みてたら

シャワーでも浴びるみたいに罪悪を流して僕らししゃもをかじる

雪の街うつくしいのは降る砂が街を滅ぼすのに似てるから

静寂の果てにあなたは両腕の化石をこぼす　つらかったろう

合鍵の音たばねつつ渡すのをスイスの寒さに喩えて真昼

風邪薬、封を開ければ白い霧、あなたのふるさとが遠いこと

少しだけ残るココアのどろどろは甘いんだか苦いんだかわかんないよね

はじめから視てたじゃないか銀鏡の縁には黒い錆が咲きつつ

人生が何度あっても間違えてあなたに出会う土手や港で

わかるのとあきらめるのはべつのこと　タルトの耳が砕けてしまう

団栗のふたつぶ捨てる　まだ使える椅子はあなたにあげるつもりだ

かぎりなく透けてほしいな大根を一本の冷たさとして斬る

湖沼地のように深まる、たたむときあなたのシャツのボタンの青は

きっと中は暖かいから、という文に激しく涙した夜がある
さよならは早めに言うのといいながらあなたは蘭の香りをまとう

終りでも始りでもある駅が遠い　髪は結ってた、結ってたと思う

早朝の商店街の底冷えの言葉は霙のようだ、積もらず

もう会えないという事実がこうこうとネオンのように光る木屋町

日向からあなたの拾ってきた椿、いま感情の日記に載せる

とぷとぷとトマトジュースを注ぎつつ僕は獣だ、嘘つく獣

このアカウントは存在しません　桃は剝くとしばらく手から香るから好き

好きな人を好きじゃなくなる力学が神社の鈴を鈍く揺らした

食欲がまるでなくても水だけは飲む僕を僕は軽蔑してる

感情があなたへ流れていくときの中洲に鷺は立ち尽くすのみ

天罰の心当たりが　棕櫚（しゅろ）の葉の鋭いかたちに粉雪つもる

ねむの花すべてを落とす村雨のそのたび僕を思い出してね

最後に買った花は何だろ。あなたには最期に花を買ってあげたい

小春日のトニックウォーター買ったこと、緑の、二人で運んだことの

眼と目と芽と獏

忙しい港の底から水面を見てるみたいだ実感がない

冬時間へ時計の針をもどすとき眼からあふれてくる夏のみず

博物館通りを上る。虹を買うことなぞないと思っていたが

選ぶとは捨てること、じゃないだろう。夜、駅は舞台のように明るい

街じゅうの窓から手が出て霧雨をつかむ。どれもあなたの手ではなく

また一本、火をつくるたび燐寸箱かるくなってく、虚にちかづいて

思い出に厚みはあって、たとえば、深夜のだし巻き卵とか

火。陽。日。正しい漢字を選びつつ老いていくことすごく正しい

想念の橋にあなたを歩かせてその歩幅の香りを思い出す

石鹼の紙を破れば或る島の或る安宿へ記憶は帰る

雨に目を細めるあなたがいたこともかなしい誤読でしかないのか

忘れないことが自罰になるような冬の海岸通りを奔る

たましいはもう直せない　まな板に何度立てても転がる林檎

短針に雀をとめて時計台　あなた一瞬しかいなかった

怒りからたんぽぽがこぼれていたけれど言ったらもっと怒っただろう

この雨は同じ。透けるユダの手の銀貨を濡らした春の小雨と

怨まれてきた年月の魚市の魚は大気に溺れつつある

またあなたに会えるのならば夢だってマリファナだって何だってする

欲は消せない灯りとおもう。風の日の肘つけばテーブルにざらつき

あなたなら誤って芽が出ないよう灼くだろう。僕は切り株に座った

音もなく塔が崩れる、航空便(フライト)や個展の半券たちを散らして

愛着や愛にも麻酔があればいい。痛みなく切ったり切られたり

あなたとの記憶さかのぼりつつ鮭になって浅瀬で命たちたい

窓からはどんぐり広場が見えている、病み上がり、雨上がり、逆上がり

どうしても雷雨の、僕のこめかみへ向けられている銃口がある

ピスタチオの殻を割るとき淡緑の何故だ、かなしみ繰り返すのは

冬の雨やめば線路のひかること、幾筋も後悔はからまる

充電器かりっぱなしの、忘却は何か光になるのでしょうか
これもまた過ぎ去るのみ、を憶いつつ色のやさしいバターを塗った

泣き虫、とあなたにたまに笑われたかつてを思い出して泣いてる

白皿に茄子を裂きつつ未来とは時間ではないいつか行く島

誤って蘭の香りは部屋に満ち、いままで誰かと話してたような

VII

しかし、炎に包まれる前に、端まで燃えたキャンバス地がめくれ上がり、少女とトカゲの絵の下に張られていたもう一枚の絵が見えた。巨大なトカゲと、小さな少女――一秒の何分の一かの時間、彼はルネ・ダールマンが守り、逃亡の際に持っていこうとしていた絵を見た。それからキャンバスは明るく燃えてしまった。

「少女とトカゲ」
ベルンハルト・シュリンク

虹蔵不見（にじかくれてみえず）

まず一度ぜんぶ無くしてしまうのが義務だと思い、遭う雪柳

永久に会話体には追いつけないけれど口語は神々の亀

筆を折った人たちだけでベランダの季節外れの花火がしたい

そしてその夜のことを記すため誰かがまた筆を執るといい
岩漠のそこもかしこも呪いだらけ書いてしまうことすら呪い

VIII

キブツを逃げだして大学にはいり、数学を五年間勉強し、難関の卒業試験も突破した。卒論に手間どっているが、それだってたまたまのことだ。

ぼくがこれまでに手にいれたものを、誰にも持っていかせはしない。

怠惰のせいで――それに疑念をはさむ余地はないが――ぼくはいまだに彼女に恋心を抱いている。顔の輪郭もおぼろで、背丈、目の色、声色を思いだすのにしばらくああだこうだと自分とやりあわなくてはいけないほどなのに。

『エルサレムの秋』
アブラハム・B・イェホシュア

ユダのための福音書

涸谷へ降りてくときの葛藤の乾いた草を踏めば粉々

美しい嘘だけを吐き生きていたい冬の柑橘むけば真冬の

キリストと呼ばれることになる先生に出会ったのは、
私がカファルナウムに着いた日だった。
（ユダ書簡二．十三）

降る砂に軍旗のすりきれる前に人を生かすため火を掲げなさい

そのころ、イエスは祈るために山に行き、
神に祈って夜を明かされた。
朝になると弟子たちを呼び集め、
その中から十二人を選んで使徒と名付けられた。
それは、イエスがペトロと名付けられたシモン、その兄弟アンデレ、
そして、ヤコブ、ヨハネ、フィリポ、バルトロマイ、マタイ、トマス、
アルファイの子ヤコブ、熱心党と呼ばれたシモン、ヤコブの子ユダ、
それに後に裏切り者となったイスカリオテのユダである。
（ルカによる福音書六．十二〜十六）

礫漠にみわたすかぎり霜柱　祈りは人に見せないもの、と

どの蟬も帰るべき巣のないことが流砂のように心を走る

ローマ貨の冷えをユダヤ貨に替えて愛わからないまま秋の街

先生を隔ててしまう私の南の砂漠の靄の訛りが

見渡せば雹を逃れる陰もなしノアの苫屋を撃ち抜いた雹

わかりそうでわからない言動を狂気と呼ぶのである。
（ユダ書簡七・十八）

冬の日の野菜市場のひとびとの生の砂塵で既に見えない

パン切れをスープへ浸す劣等の念はペテロもあるんだろうか

先生は手を暖める火の中の松ぼっくりはゆるゆると咲く

「天地は滅びるが、わたしの言葉は決して滅びない。」
（マルコによる福音書十三、三十一）

それ以上心を研がないで、あぶない、冬の蜜蜂、うごけずにいる

死ぬことで完全となる　砂風に目を閉じている驢馬の一頭

硝子という光に香油のひかり満ちやはり殺意をみたせはしない

ユダがパン切れを受け取ると、
サタンが彼の中に入った。
そこでイエスは、
「しようとしていることを、今すぐ、しなさい」
と彼に言われた。
（ヨハネによる福音書十三・二十七）

すさまじい愛の言葉は憎しみに見える角度を持つかたつむり

「人の子を裏切るその者は不幸だ。
生まれなかった方が、
その者のためによかった。」
（マルコによる福音書十四・二十一）

来たるべき苦悩のために苦悩して苦悩みたいな川を見にきた

最後だと知りながらする抱擁の橄欖(オリーヴ)の葉はうなじに刺さる

手に注ぐ銀貨のように雪の降る砂漠、手のひら、もう会えない

青林檎に残る噛み跡、先生の、色褪せていく、記憶のように

泥の水たまりに少し休みつつ駱駝は砂漠の舟だとおもう

一枚の金貨のようにガリラヤの湖の夕、遠のいていく

明朝にはローマの百人隊長が来ると思われた。
（ユダ書簡十二・五）

羊皮紙をくべれば捻れつつ燃えていくギリシャ文字、アラム文字、史実

むきだしの松の根と似た悔恨がやがて私を絞め殺すだろう

そのころ、イエスを裏切ったユダは、
イエスに有罪の判決が下ったのを知って後悔し、
銀貨三十枚を祭司長たちや
長老たちに返そうとして、
「わたしは罪のない人の血を売り渡し、罪を犯しました」
と言った。しかし彼らは、
「我々の知ったことではない。お前の問題だ」
と言った。そこで、ユダは銀貨を
神殿に投げ込んで立ち去り、
首をつって死んだ。

祭司長たちは銀貨を拾い上げて、

「これは血の代金だから、神殿の収入にするわけにはいかない」

と言い、相談のうえ、その金で「陶器職人の畑」を買い、外国人の墓地にすることにした。

このため、この畑は今日まで
「血の畑」と言われている。

(マタイによる福音書二十七・三〜八)

岸へ来い。死海は死んだ海なのに千年ぶりに雨が降ってる

IX

千夜も一夜も越えていくから、砂漠から獏を曳き連れあなたの川へ

X

心情や物事は決着がつく方が稀で 完全で最終的な決着がつくことを奇跡という それは自力で引き寄せることはできない ある日突然訪れる 歪んで見逃さないように 悲しむのも忘れるのも自然でいなさい

金剛大慈悲晶地蔵菩薩

（市川春子「宝石の国」第六巻）

Save? Continue?

雨の国、ただいま。湿った秋の陽を肺に吸い込む、せきこむほどに

かなしくはないのか水車、何度でもあなたに会って離れて、水車

滝のようにむなしいのです　とは告げずただ抹茶ラテSを頼んだ

砂だらけの僕の思念を洗うのだ夏の最後の昼蟬時雨

つゆくさと数年ぶりに口に出す、つゆくさ、恋人の名を呼ぶように少しだけ桜について話すね、とあなたの言う夢。ノー　モア　ディーテイルズ。

清流へ手をひたすとき感情の地下都市に降りだすにわか雨

きのことは柔らかい釘、森にいる誰かを森に留めおくための

寂寥の具現のように色あせてわさび根茎のホルマリン漬け

蓮の繁茂、一葉だけが揺れている、記憶の美化を怖れてようね

路線図を見れば思い出せるかな　腐ってしまったアロエは捨てる

それはあなたの世界の話でしょ　蜘蛛の巣、弱い帆として風に膨らむ

水中花、水の重さに揺れながら　忘れてほしいことだらけ

冷たい高原

たくさんを捨ててきたんだ　外国の天気を告げる薄いテレビは

若さとは軽さじゃないか、悪い意味でも、夜、水鳥の声が聞こえて

書けばどの一行だってあなたへと還ってしまう、彼岸に到る

敷しの、遠いこと遠いこと　ジオラマの中の倒れている信号機

耳鳴りは竜の泣き声、大切にされずに育った灰色の竜

僕らより長生きをする亀を飼おう。僕らのいない庭を歩くよ

薬瓶、夕日の棚にならべれば廃墟のように光を宿す

だってきっとずっと苦しむ　風の舌、枯れてしまった草はらを舐め

擦り切れるまで聴いている、雨の音ええなあ、というあなたの声を

傘は閉じてください。差し支えなければ海のことでも訊きたい

もうずっと前に死んだと告げられて時の厚さが倒れかかって、来た

危ないから壊れる前に壊したんです、牧師は眼鏡を外しつつ言う

洞窟のような心にこうもりが住んでてときおり出てってしまう

至　空港

崩れだしたら詮方なし　クリームソーダ飲めば氷に残る緑光

埋葬と理解　大人はまぶしさの中でも僕ら歯を磨かなくては

木舟から荷物を投げ捨てるように忘れるあなたの声や匂いを

真鍮に光は撓む　心中の痛みを比べ合うのは愚か

滑走路、その最果ては雨ぐもで暗くて、僕らのいない暗さの

暖かさと恐ろしさについて

ダム底に村が沈んでいくような僕の願いはなんでしたっけ

隙間から更地がみえる。さみしさを怖れるな。さみしさを誇るな。

汐風から塩を取り出すようにしてあなたは語る遊郭のこと

蛤に蟹は潜んで安心は自由を切り売りして手に入る

悲劇でもいいから会いたい渚へと枝つきたてるような祈りだ

葱きざむ刻み続ける　うん、仕方なかったよって言ってほしくて

言い訳をするとき声は下がってく朝の湿地のような低さへ

地続きであった小島に雨続き胸の痛みに慣れたら終り

目を閉じて字を書くように触れるときあなたは夜の雪原になる

同郷の僕らの遠くそれぞれに乾かない水たまりが揺れる

花瓶からあふれて時が散っていくそしてまた挿される梅の花

なんどでも輪廻しようね　また春にオニオンリング、上手に食べる

少しだけSkypeをした　鯖寿司のように心は整う、光る

iPhoneの中のあなたは手を振った　背骨のような滝のふもとで

溺れないくらいの浅瀬。詩にするから、流れといで花、飛んどいで鳥

空港に着くたび忘れ物に気づくたぶん死ぬのもこんな感じだ

手を振ればラストコールだ、だから、でも、永遠である理由はいらない

この林を抜けると花の名を一つ覚えている

僕たちの骨は月から来たことの、砥石へ冬の重さを込める

北欧の画家の名が浮き沈みする会話の淵にやがて淡雪

冬の街、駆けつつクッキー嚙るとき雨に少しの味もないこと

待つことは愉しいだろうか苦しいだろうか　飛行船なら見たことはある

紙辞書を扉のように閉じたときあなたの震えと寝惚けと二度寝

冷凍餃子の霜おとしつつ　いつか目を閉じるのが怖くなる昼が来る

本能のように泣いた、と言ったきりあなたが嗚咽に咲かせた牡丹

圧の中、コルクは折れて　得ることはしばしば喪失を意味する

呪いだとしても解かないでいて、ぬるい、ジンジャーエールに蓋のせながら

永遠ってそんなに偉いやつなのか　駅の奥まで濡らす、煙雨は

暗くした視聴覚室のカーテンに穴があいてるみたいな月だよ、こっち

手のひらに鯉を飼ってる神様はときおり両手へ涙を零す

白い結晶、蛇口の銀を曇らせて　期待には人一倍敏感で

晩春の怒りは百合の蕾のよう、弾けて世界なんて割ったれ

蚊を殺して蚊取線香を買いに行く　コナンの新刊が出ている

花束を一度ボンネットへ置いた、遠くへ言葉を飛ばそうとして

紅茶葉はお湯の柔らかさを泳ぐ　冒頭で死ぬ善き東欧系

ふぁさふぁさと百日紅の房たれてきてあなたの困惑を隠した

紙辞書へcoelacanth（シーラカンス）の語は沈み、立派な化石になろうね、僕ら

冬に始まったから秋までを観たけどもういちど夏だけを観て、外へ

清澄白河

飲み干せばペットボトルは透きとおる塔として秋、窓際に立つ

眠い鉛の匂いのなかで神様のようにあなたは活字をひろう

白に白かさねて塗れば天国は近く悩みと祈りは近く

雨季の庭に細いきのこがあるようなあなたの愛しい誤字を見つける

傘二つ部屋に干しつつお互いの暗黙へ手を伸ばさずにいた

胸にあなたが耳あててくる。校庭のおおくすのきになった気分だ

心が心を求めつつ　濁流に魚は閉じるまぶたを持たず

あなたが和紙を裂く力、唇を離したときの湿った力

台風のあとの運河はふつふつと心のような三日月うつす

祭りばかりの国に住もうね　白菊は何かの群れのように咲きます

石なげてしばらくあとに着水の音の聞こえる、ゆうやみの奥

泥になった砂が砂へと乾くまであなたと話す今朝の事変を

ゆるゆると濁りが澄んでいくように路線は通常ダイヤへ戻る

八日目の創造しよう。水底に散らばる活字を拾い集めて
彫るというよりは刷られて歴史とは燃えやすくあり僕らの葉書

海なんて泳いでわたる美しいものを呑みこむ鯨のように

五〇〇年くらいがいいよ　ライターへ炎を仕舞うあなたの鋭さ

いつか坂の多い街で暮らしましょう

弱さゆえ愛されること／窓側の書架にかすかな傾きがある

胸がとても冷えていく　ヒヤシンス、あなたの未来のように確かだ

エクレアの包（フィルム）をひらく潮風も希望もそこに乱反射して

あとがき

本書は、二十七歳から三十一歳までに詠んだ三六二首を納めている。編年体ではない。

ここ数年、短歌から離れようとした、すると濁流、のような感情に苦しくなって、詩や翻訳にしがみついた、そしてまた短歌へ流れ着いてしまった。本の一行一行は弱々しい藁かもしれない、でも何かの本のどこかの一行が、あなたが濁流の中で手を伸ばす藁になることもある、この本の一行一行にもそういう祈りを込めたつもりだ。

二〇二〇年四月七日　水の聴こえる街にて

千種創一

引用文献一覧

『ショーシャ』アイザック・バシェヴィス・シンガー（大崎ふみ子訳、吉夏社、二〇〇二年）

「硝子戸の中」夏目漱石（『夏目漱石全集10』筑摩書房、一九八八年）

「少女とトカゲ」ベルンハルト・シュリンク（『逃げてゆく愛』松永美穂訳、新潮社、二〇〇四年）

『エルサレムの秋』アブラハム・B・イェホシュア（母袋夏生訳、河出書房新社、二〇〇六年）

『聖書 新共同訳』（日本聖書協会、一九八七年）

「宝石の国 第六巻」市川春子（講談社、二〇一六年）

千種創一（ちぐさ・そういち）　一九八八年名古屋生。二〇〇五年頃、作歌開始。二〇〇九年、三井修の授業「短歌創作論」の受講生らと「外大短歌会」創立。二〇一〇年、短歌同人誌「dagger」参加。二〇一一年、韻文と散文の同人誌「ami.me」創刊に参加。二〇一三年、短歌同人誌「中東短歌」創刊。同年、連作「keep right」で塔新人賞。二〇一四年、評論同人誌「ネヲ」参加。二〇一五年、連作「ザ・ナイト・ビフォア」で歌壇賞次席。同年『砂丘律』上梓。二〇一六年、日本歌人クラブ新人賞、日本一行詩大賞新人賞。中東在住。

歌集　千夜曳獏（せんやえいばく）

令和二年五月一〇日初版発行／令和三年三月一七日第二刷発行＊著者／千種創一＊発行者／永田淳＊発行所／青磁社　京都市北区上賀茂豊田町四〇－一　〒六〇三－八〇四五／電話〇七五－七〇五－二八三八／振替〇〇九四〇－二－一二四二二四／URL http://www3.osk.3web.ne.jp/~seijisya/　＊印刷・製本／創栄図書印刷＊定価一八〇〇円

ISBN978-4-86198-464-8 C0092 ¥1800E